太田敦子

氏物語　姫君のふるまい

新典社新書 50

梶田半古『源氏物語図屛風』「若紫」巻
顔をこすり泣きながら立つ若紫

目次

II 立つ女三宮 ―― 45

はじめに

人は、言葉を持ちそして操ることができます。ですから自分自身が抱く喜怒哀楽という感情を他者に伝えることができ、また隠すこともできます。そのような私たちの言葉をあらためて見渡してみますと、体の一部を用いた表現が多くあることに気づきます。頭、目、口、手、足…。

源氏物語という作品は今からおおよそ一〇〇〇年も前に書かれた日本の文学作品です。物語は主人公光源氏の生涯を柱として、その両親の愛を語ることから始まり、その子どもたちの世代までを描きます。難解な古典であり、たいへん長大なこの作品が、それでも時を超え決して断絶することなく今日まで読み継がれてきた理由はいったいどこにあるのでしょうか。私は物語が描く緻密で繊細な心理描写にあると考えます。虚構の物語だと頭では分かっていても、読み進めるにつれ、目の前に繰り広げられる世界はまるで実際に起きたことなのではと錯覚するほどの現実性があるのです。その現実性を支えているものの一つが、時に登場人物の感情を身体をもって描写する場面のようなのです。

現代に生きる私たちの生活でも、自分の思いを言葉に尽くすことができず、「目は口ほどにものを言う」という言葉どおり、身体が用いられた表現で相手に気持ちを訴えかけることがあります。また、「手と手を取り合う」とは互いが心を一つにし思いを共有することです。実は、源氏物語にも現代の私たちと同様な感覚が描写されているのです。

そもそも平安時代の姫君とは、「深窓の佳人」という言葉さながらに、美しいことはいうまでもなく、その生活は外部の者に姿を見られることを無作法とされていました。したがって姫君は、邸の奥深く侍女たちに囲まれて生活をしていたわけです。当時の貴族社会を描く源氏物語にも、当然のことながらそうした高貴な姫君が多く登場します。しかし、物語の姫君たちは、決して邸の奥深くに静止し続けてはいないのです。感情や状況が描かれる言葉の隙間を縫うように、ふと描かれる〝ふるまい〟は、ともすれば見過ごしてしまいそうになります。しかし、その〝ふるまい〟にこそどうやら姫君たちの心の内が明かされているようなのです。

本書では、そのような、姫君たちの〝ふるまい〟という声に耳を傾けて源氏物語を読んでみたいと思うのです。

※ 引用本文は基本的に小学館新編日本古典文学全集を用い、『古今著聞集』は岩波日本古典文学大系を用いた。便宜上表記を改めた箇所がある。

I

絵に描きたる葵の上

一、葵の上という姫君

葵の上の登場

光源氏は元服と同時に結婚をします。葵の上は、その結婚相手として物語に登場する姫君です。父は左大臣、母は皇女という貴い血筋、光源氏の親友となる頭中将はきょうだいにあたります。しかし、葵の上の生涯はたいへん短く、そのうえ彼女を語る言葉も少ないのです。そのためからか、光源氏の北の方という存在でありながら、その造型に対しては、たとえば感情を表出する和歌を詠まないことや、心を開かない様子などから消極的な評価がなされてきました。

つまり、光源氏の正妻という主要な人物でありながら、脇役的姫君と捉えられてきたということなのです。しかし、この左大臣家の姫君、そして光源氏の北の方である葵の上は、はたして脇役的とだけですますことのできる姫君なのでしょうか。

ここでは、今一度葵の上という姫君を考えたいとの思いから、「絵」という語を手掛かりに彼女を見つめていきたいと思います。

物語絵に描かれたような姫君

「若紫」巻冒頭、光源氏は瘧病《わらわやみ》という現代でいうマラリア風の病気を患い、加持を受けるため、北山に庵を構える聖のもとを訪ねます。その北山から帰京し、まず宮中に参内した光源氏は、偶然同じように参内していた葵の上の父左大臣に出会い、自身の意思とは関係なく、ただ導かれるままに左大臣邸へと向かうこととなります。

久しぶりに会う妻、葵の上は次のような様子で描かれています。

殿にも、おはしますらむと心づかひしたまひて、久しう見たまはぬほど、いとど玉の台《うてな》に磨《みが》きしつらひ、よろづをととのへたまへり。女君、例の、這《は》ひ隠れてとみにも出でたまはぬを、大臣《おとど》切《せち》に聞こえたまひて、からうじて渡りたまへり。ただ、絵に描《か》きたるものの姫君のやうにしするゑられて、うちみじろきたまふこともかたく、うるはしうてものしたまへば、思ふこともうちかすめ、山路《やまみち》の物語をも聞こえむ、言ふかひありてをかしううち答《いら》へたまはばこそあはれならめ、世には心もとけず、うとく恥づかしきものに思して、年の重なるに添へて、御心の隔てもまさるを、いと苦しく思はずに、（源氏）「時々は世の常なる御気色《けしき》を見ばや。たへがたうわづらひはべりしをも、いかがとだに問ひたまはぬこそ、めづらしからぬことなれど、なほ恨めしう」と聞こえたまふ。

（「若紫」巻）

光源氏の義理の父である左大臣は、まるで源氏を招き入れる儀式でもほどこすかのように「心づかひ」（心配り）をして、「玉の台《うてな》に磨きしつらひ」（「玉の台」とは、美しく磨き上げた立派な宮殿のこと）、光源氏を歓待するのです。しかしそうした邸の様子とは対照的に、葵の上はいっこうに姿を見せようとはしないのです。ようやく光源氏の前に姿を現すものの、それは父左大臣によって「切に」すなわち無理に勧められてのことでした。

この時、葵の上は「うるはしく」（格式ばって）源氏に接します。光源氏が、北山での様子などを話そうにも、葵の上は年を重ねるにつれていよいよ心の隔てが増すようだというのです。光源氏が思わずこの妻を批判せずにはいられない、そうした二人の関係が描きだされていきます。

この場面で葵の上は「ただ、絵に描きたるものの姫君のやう」にふるまっているのですが、この表現に対する一般的な解釈は、「もの」は物語絵のことで、物語絵に描かれているお姫様の動きのないさまに、葵の上の端然と無表情な姿をたとえるといったものです。そして、そこには完成された女の姿をうかがうことができるが、光源氏にはかえってそれが恨めしいなどとも評されます。さらに、源氏を拒否する姿であるとともに、左大臣家の威厳を損わないふるまいともいわれています。

つまりこのふるまいには、葵の上がどのような姫君なのかを読み解く鍵が隠されているようなのです。というのも、この表現が葵の上像を余すところなく伝えているという指摘があるからなのです。「絵に描きたるものの姫君のやう」という表現は、この場面一回限りの比喩にとどまらず、源氏物語全体における葵の上の造型を言い表すものとして考えてよいと思うのです。

「絵に描きたるものの姫君のやう」と、そのふるまいが表現されることは、葵の上が物語絵の姫君とたんに比較されているだけのようにも読めます。

しかし物語は、そうした比較にとどまらず、むしろ葵の上自身を示すようなふるまいとして描いているのではないかと思うのです。

そうであるならば、葵の上とはいったいどのような姫君なのでしょうか。

二、古代における絵の力

身代わりの絵

古代における絵とは、現代にくらべてより生活に密着しており、現代とはまた異なる感覚で捉えられていたようです。たとえば、万葉集には、「絵」の語が詠みこまれた歌があります。

我《わ》が妻《つま》も絵《ゑ》に描《か》き取らむ暇《いつま》もが旅行《ゆ》く我《あれ》は見つつ偲《しの》はむ　（巻第二十・四三二七）

防人として出立する男。男は愛する妻との別れを余儀なくされ、妻を「絵に描き取らむ暇」を切望します。おそらくその絵を見ることで妻を偲ぼうというのでしょう。ここには、旅立つ男の、離れて暮らすこととなる妻への深い想いが綴られています。男は、絵の中に妻を描き取って携えようとしているのです。

対象を写しとる絵

対象の幻影を描くのではなく、対象そのものを写し取る「絵」。そのような「絵」が大和物語六十段には語られています。

五条《ごでう》の御《ご》といふ人ありけり。男のもとに、わがかたを絵《ゑ》にかきて、女の燃えたるかたをかきて、煙《けぶり》をいとおほくくゆらせて、かくなむ書きたりける。

君《きみ》を思ひなまなまし身をやく時はけぶりおほかるものにぞありける

ここには、五条の御という女性の激しい恋心が描かれています。男は女が望むほどにはその想いに応えないのでしょう。女は絵に「わがかた」(自分の絵姿)を描き、さらにそれを「女の燃えたるかた」という恋に身を焦がす絵姿にすることで、想いを絵に託すのです。絵、そして歌を目にした男は燃える女の絵姿によって想いの深さに気づかざるをえないはずです。なぜなら絵が、単なる絵ではなく女の本心を写しているからです。

この時、絵は女のかたち、こころをまさに写し取っているといえます。「絵」が対象を転写するゆえ、その「絵」を見る者は実像への思いと限りなく近い感情を「絵」に向けるのです。

古今著聞集《ここんちょもんじゅう》巻第十三(哀傷第二一)に語られる具平《ともひら》親王は、死んでしまった愛する人を「絵」に写し取ることによって偲んでいます。親王は、雑仕の女(雑役に従事する女性)をこよなく愛し、子をなしていました。ある月の明るい夜、具平親王は女を連れて寺へ行ったところ、女はモノ（鬼神、霊、物の怪など）にとらわれ急死してしまいます。最愛の女を亡くした具平親王の哀しみはいかほどであったでしょうか。哀しみは、女を絵に描くという行動へと親王を誘うのです。生前過ごした姿さながらに、「我御身と失《うせ》にしひととの中に、この児《ちご》をゝきて見給へる形を」、つまり親王、雑仕との間に子を据えた三人を「車の物見（牛車の左右の立て板についている窓）の裏に、絵に書きて」と、絵に描き眺め暮らしたというのです。

カタドルこと

当時、「絵」を描くことには対象をカタドルという意識があったと思われ、また形代《かたしろ》（身代わりとなるもの）の役割を担っていたことも推し量ることができます。絵に人物を写しとることは、その対象の魂までもカタドルことと言われます。「絵」に写しとるということは、対象の魂を「絵」のなかに移し封じ込めるという、たいへんな意識があったと考えられるのです。

それは対象の魂を「絵」のなかに写しとり、そこに永遠に生かそうとする意識へと繋がります。ですから無常の生を「絵」という普遍の時空のなかにとどめようとするこの営為が、対象を賛美する表現として用いられるのは、当然の推移であったといえましょう。

「絵に描きたるやう」という感覚

藤原頼通が左大将と呼ばれる頃、帝より女二の宮降嫁の話が持ち上がります。その頃、頼通は中務宮の娘を北の方に持つだけでした。降嫁に異議を申し上げることなどできるはずもなく決定すると、頼通は北の方を愛しているゆえにその目には涙が浮かんでいたと言います。それほどまで愛する北の方は、頼通の目に「御衣の裾に御髪のたまりたる、御几帳の側より見ゆるほど、ただ絵にかきたるやうなり」と映るのです。「絵にかきたるやう」な北の方という表現は、賞美に価する姿を言い当てており、「絵」の語が対象賛美の際に用いられる表現として確認できるかと思います。

物語絵のような姫君たち

紫式部日記寛弘五年八月二十六日の記述には、薫物《たきもの》の調合が終わり、紫式部が中宮彰子の御前から部屋へさがる途中、宰相《さいしょう》の君の部屋の戸口をのぞいたとあります。ちょうど宰相の君が昼寝をしていた様子が記されているのですが、その様子は「萩《はぎ》、紫苑《しをん》、いろいろの衣《きぬ》に、濃きがうちめ心ことなるを上に着て、顔はひき入れて、硯《すずり》の筥《はこ》にまくらして、臥《ふ》したまへる額《ひたひ》つき、いとらうたげになまめかし」と描かれ、

絵にかきたるものの姫君の心地すれば、口おほひを引きやりて、「物語の女の心地もしたまへるかな」といふに…

と、宰相の君の美しく好ましい昼寝姿は「絵にかきたるものの姫君の心地」、「物語の女の心地」と評され、物語絵を現実に見た感動として綴られています。寝ている者の「口おほ

ひを引きやる」という行為を感動ゆえのことと見るならば、その感動とは現実ではない絵の世界を実際に見てしまった感覚を指し、その行為は、物語絵の世界に触れてみたいという衝動の結果といえます。

同様に、物語絵の世界を現実に見てしまったことへの感動は、枕草子「宮にはじめてまゐりたるころ」に、より端的に描かれています。

宮は、白き御衣《ぞ》どもに、紅《くれなゐ》の唐綾《からあや》をぞ上《うへ》に奉《たてまつ》りたる。御髪《ぐし》のかからせたまへるなど、絵にかきたるをこそ、かかる事は見しに、うつつにはまだ知らぬを、夢の心地《ここち》ぞする。

中宮定子のすばらしさは枕草子に幾度となく語られますが、ここに至っては「絵」という語によってその麗姿が語られます。絵が現実にはありえない、いわば理想の像を提示しているにも関わらず、中宮定子はその絵姿を具現している。その事実は、「夢の心地」すなわち現実のこととは考えられず、夢を見ているような心持ちがするというのです。これ以上はないといえる賛辞であり、その賛辞の中に「絵」の語が存在しているのです。

このように、絵のような姿とは、対象の優れた状態を意味します。ただし一般的な対象賞賛などではなく、より稀有な美しさに対する賛辞表現であるといえそうです。

三、源氏物語のなかの「絵」

源氏物語の絵画表現

源氏物語には「絵」の語が六十六例ほどあります。それを大きく分類すると、（1）絵画一般を指すもの（2）風景を描くもの（3）人物を描くもの（4）自然の風景の美しさをたとえるもの（5）人物の美しさをたとえるものに分けることができます。

ここでは、葵の上の人物像に近づくことを考え、人物の美しさをたとえるものに絞って見ていくこととします。

六条御息所邸の侍童

「夕顔」巻、光源氏は十七歳の秋、六条御息所のもとを訪れます。別れの朝、歌を詠み交わす光源氏と六条御息所の傍ら、邸の庭で花、露に交じり朝顔を「折りてまゐる」侍《さぶらひ》童《わらは》のいる風情は「絵に描かまほしげなり」とあります。侍童を中心とした情景は、絵に描いたようなという表現に収斂する形で賞美される場面となっています。

光源氏と紫の上

「朝顔」巻では、光源氏の朝顔姫君への慕情が再燃し、似つかわしい二人のことを世間もまた好ましく噂する頃、噂は紫の上の耳にも入るところとなります。二条院には夜離《よが》れ(男性が女性のもとへ通うことが途絶えること)が続き、不安が募る紫の上でしたが、光源氏が紫の上の髪に手をやりながら機嫌をとる様子は、二人の不安定な状況を物語が包み込むかのようであり、むしろ二人の好ましい姿こそが強調されて、「絵に描かまほしき御あは

『絵入源氏』（小本 無刊記）
「夕顔」巻、六条御息所邸の庭で花に交じる侍童

ひ」と描出されています。

出家姿の浮舟

「手習」巻では、小野の妹尼のもとを中将が訪ね、偶然浮舟を垣間見て心動かされます。その後、浮舟は出家しますが、浮舟に想いを寄せる中将の熱心さに妹尼は浮舟の様子を見に部屋に入ってみると、生来の美しさに加え尼姿で修行に励む姿は、わざわざ人に見せてあげたいほど美しいと描かれ、一心に経を読む姿は「絵にも描かまほし」と麗姿が語り尽くされます。

源氏物語の表現世界

これらの例は、いずれも対象の好ましい状態を表現する手段として「絵」の語が用いられています。しかしここで注意すべきことは、いずれも「絵に描かまほし」すなわち〝絵に描きたいような〟姿という表現であり、〝絵のようだ〟〝絵そのものである〟という表現ではないということです。

それは「ただ、絵に描きたるものの姫君のやう」という葵の上への表現とは自ずから意を異にします。このことは源氏物語が、対象とするものを「絵」という枠にあてはめて賞美する物語ではないことを示しているようにも思えるのです。

源氏物語において、人物に「絵」の譬えをあてはめることがあれば、そこには何かしらの意味を読みとることが可能なのではないでしょうか。

源氏物語には、「絵」の譬えをもって語られる人物が三人います。一人は楊貴妃と比較される桐壺更衣です。


絵に描《か》ける楊貴妃《やうきひ》の容貌《かたち》は、いみじき絵師《ゑし》といへども、筆限りありければいとにほひすくなし。太液芙蓉《たいえきのふよう》、未央柳《びあうのやなぎ》も、げにかよひたりし容貌《かたち》を、唐《から》めいたるよそひはうるはしうこそありけめ、なつかしうらうたげなりしを思《おぼ》し出《い》づるに、花鳥《はなとり》の色にも音《ね》にもよそふべき方《かた》ぞなき。朝夕《あさゆふ》の言《こと》ぐさに、翼《はね》をならべ、枝をかはさむと契《ちぎ》らせたまひしに、かなはざりける命のほどぞ尽きせずうらめしき。

（「桐壺」巻）

桐壺更衣を亡くした桐壺帝は、楊貴妃（唐の玄宗皇帝の寵愛を一身に集めた美女）の絵を見ながら偲びます。しかし桐壺帝は、現実の楊貴妃の美質は絵によって完全に描きとられてはおらず、楊貴妃にはその絵を越える美質があったろうと推測します。

桐壺更衣を失ったために起こったひとつの理想化は考えるべきところですが、桐壺帝はさらに、その現実の楊貴妃ですら及ばない、やさしくかわいらしかった更衣の魅力に思いをいたします。楊貴妃の絵という視点を導入することによって源氏物語は、ひとつの理想を越える桐壺更衣という人物を表現していくのです。

残る二人は六条御息所と葵の上です。この二人はまさに「絵」に譬えられて描写されています。

外《と》は暗うなり、内は大殿油《おほとのあぶら》のほのかに物より透《とほ》りて見ゆるを、もしやと思して、やをら御几帳《みきちやう》のほころびより見たまへば、心もとなきほどの灯影《ほかげ》に、御髪《みぐし》いとをかしげにはなやかに削《そ》ぎて、倚《よ》りゐたまへる、絵に描《か》きたらむさましていみじうあはれなり。

（「澪標」巻）

住吉から帰京した光源氏は、かつての恋人であり、今は出家し病の身となっている六条御息所を見舞います。六条御息所は、心許ない我が身を思ってか、娘（秋好中宮）の行く末を案じ切々と娘のこれからについて光源氏に語るのでした。そのようななか、偶然にも、光源氏は几帳の隙間から尼削ぎ姿の六条御息所を垣間見るのですが、その姿は「絵に描きたらむさましていみじうあはれなり」と表現されるのです。

あたかも死の世界へとひき込まれゆくような体を脇息の上にとどめる六条御息所の姿は、源氏の目にはうすらぎ、ゆらぐ影すなわち墨書きのように映ったのかもしれません。ゆえに「あはれなり」と源氏が心ひかれるのは、そうした六条御息所の存在感の不安定さに対する心のざわめきであったとはいえないでしょうか。

一方の葵の上はすでに見たとおり、「ただ、絵に描きたるものの姫君のやう」と描写されていました。この表現に関して、葵の上の姿態を「絵に描きたるものの姫君」に譬えているのは、「桐壺」巻に引かれた楊貴妃の容貌を「絵に描ける」と述べ、桐壺更衣と違って整ってはいても親しみに欠けることを述べた一節に符号するという指摘があります。つまり、「絵に描きたるものの姫君」に、先の楊貴妃の姿が想起されているということです。そのことによって、葵の上と桐壺更衣との違いが際立つことに疑いはないでしょう。

しかし、そのような視点を持つと、葵の上には帝の妃となった楊貴妃の姿が重ね合わされることにもなるのではないでしょうか。

楊貴妃とは、いうなれば玄宗皇帝の愛を一身に集める才色兼備という点で、その理想に適う女性です。そのありようが葵の上にも投影されていたということになるのです。そうであるならば、「絵に描きたるものの姫君のやう」とは、むしろ物語における王者光源氏に相応しい妻の姿を言い当てている表現なのではないでしょうか。

四、「しすゑられ」る葵の上

左大臣家の姫君

葵の上は、「桐壺」巻で初めて登場します。「引入れの大臣の、皇女腹にただ一人かしづきたまふ御むすめ」と描かれ、まるで左大臣家の皇女腹ということが葵の上の前提であるかのように描かれています。さらに、その呼称も「女君」「姫君」という一般的なもののなかに、「大殿の君」という呼称が交じります。大殿といえば、「貴人の邸、大臣の敬称」ですから、ここでは左大臣を指すのでしょう。大殿の君、つまり左大臣邸の姫君という呼称が葵の上には用いられ、彼女がいかに強く左大臣家の枠の中に存在しているかが窺われるのです。

そうしたあり方から、葵の上は登場から死後にわたるまで左大臣側と右大臣側の政治的対立ときわめて関わりが深く、源氏物語の展開において、「政治性」から逃れられない姫君と指摘されます。政治性から逃れられないとは、父左大臣から逃れられないということであり、その進退は父左大臣に掌握されているともいえるのです。

「若紫」巻、左大臣邸を訪れた光源氏の前に、葵の上は父に無理強いされるようにしてその身を置き、ようやく姿を見せるといった父左大臣の言葉には従わざるをえない姿があります。その葵の上のふるまいこそが「ただ、絵に描きたるものの姫君のやうにしすゑられて」と光源氏の目に映っていたのです。そしてこの姿とは、父左大臣によって「しすゑられて」いるふるまいだったのです。そのように考えた時、光源氏の目に映った葵の上のふるまいと、葵の上自身の意図するふるまいとは違うものだったとはいえないでしょうか。

不幸な結婚

実は葵の上と光源氏との結婚とは、葵の上の春宮（後の朱雀帝）入内をとりやめてまでの父左大臣の決断でした。そして左大臣にとっての葵の上とは、左大臣家と右大臣家の政権抗争のなか、家の将来を決する切り札だったのです。ですからこの結婚は政略結婚との指摘もあるように、左大臣にとって二人の結婚は、成就させないわけにはいかないことだったのです。

つまり、左大臣は娘を理想的な貴婦人として「しすゑ」ることによって、光源氏を自身の家に引き込もうとしたのです。しかし、葵の上の側に立てば、この結婚とは思いがけないものだったのではないでしょうか。おそらく物心がついたころから、春宮妃になるためのお妃教育が施され、心の準備もしていたでしょう。それが、突然、光源氏との結婚です。しかも、夫光源氏は自分よりも年少の輝くように美しい人だったのです。葵の上が光源氏に抱く複雑な思いが想像できるのではないでしょうか。

五、葵の上の「まみ」のゆくえ

葵の上の「まみ」

「絵に描きたるものの姫君のやうに」という描写の直後、葵の上は次のように描かれています。

後目に見おこせたるまみ、いと恥づかしげに、気高ううつくしげなる御容貌なり。
（「若紫」巻）

葵の上は光源氏に対して、「後目（流し目・横目）に見おこせたるまみ」という独特の視線を向けています。「恥づかしげ」（こちらが恥ずかしくなるほど立派なさま）な「まみ」とは、光源氏との間に一線を画す視線であり、また生身の感情を隠す「絵に描きたるもの」の視線といえるかもしれません。しかし、そのような葵の上が生涯に一度だけ源氏の心を捉えたかのように思われる姿があるのです。

「葵」巻にいたり、葵の上は懐妊します。しかしながら光源氏の葵の上に対する気持にさして変化はなく、六条御息所との車の所争いについても、葵の上を「ものに情おくれ、すくすくしきところつきたまへるあまりに」（物事への情愛に欠け、やさしさがない）と厳しく評します。一方葵の上は、車の所争い以来、物の怪に苦しめられることとなり、まだ出産の時ではないにもかかわらずにわかに産気づくその口からは、祈禱を「すこしゆるべた

『絵入源氏』（小本 無刊記）
「葵」巻、車の所争い

まへや。大将に聞こゆべきことあり」と光源氏を呼ぶ言葉が漏れ、その言葉に従う光源氏は産室の葵の上を目にするのです。

御手をとらへて、（源氏）「あないみじ。心うきめを見せたまふかな」とて、ものも聞こえたまはず泣きたまへば、例はいとわづらはしう恥づかしげなる御まみを、いとたゆげに見上げてうちまもりきこえたまふに、涙のこぼるるさまを見たまふは、いかがあはれの浅からむ。（「葵」巻）

常とは異なる産室での姿に、光源氏はその手をとらえ、私につらい思いをさせようとなさるとはひどいですよと語りかけます。ここに至って、葵の上は、光源氏を気詰りにさせていたあの流し目を違うさまに見せ、その目からは涙までもがこぼれ、光源氏は葵の上に対して深い愛情をそそられぬはずがないとまで語られるのです。この「まみ」こそが、「若紫」巻で描かれていた絵のようにしすえられた葵の上の「後目に見おこせたるまみ」の

『絵入源氏』（小本　無刊記）
「葵」巻、生き霊となった六条御息所は葵の上を苦しめる

「まみ」に呼応していたのです。その「まみ」を違ったものにしたとき、葵の上は光源氏の心を捉え、「あはれ」を感じさせるに至ります。そしてこの瞬間、葵の上は、左大臣家という枠を越えた葵の上自身の「まみ」を獲得したかのように見えるのです。

しかし、その「まみ」さえも本当に葵の上自身のものだったのでしょうか。実はこの直後、葵の上の「けはひ」が六条御息所のものとなるからです。つまり光源氏と融和をはかったかのように見えた「まみ」は、葵の上独自のものとは言い切れない描写となっているのです。

ただし葵の上の、「絵」のようではない生身の姿もはっきりと確認することができます。

いときよげにうち装束きて出でたまふを、常よりは目とどめて見出だして臥したまへり。（「葵」巻）

出産後小康を得た葵の上が、参内する光源氏を見送る場面です。しかし、ここに葵の上自身の視線を認めることができても、彼女に残されているのは死のみであり、もはや物語世界に光源氏の妻、その理想像として生きることは叶わないのです。

「絵に描きたるものの姫君のやう」とは、桐壺の更衣の魅力を語る楊貴妃の絵を思い起こさせながら、光源氏の妻としてひとつの理想的なふるまいを物語に刻む表現だと言えます。大切なことは、それが光源氏の求める姿とは必ずしも一致するものではなかったということです。むしろ葵の上が「絵に描きたるものの姫君のやう」である限り、二人の融和はありえなかったといえます。しかしながら、葵の上のふるまいはあくまで父左大臣によって「しすゑられ」たものであったと描かれることからは、葵の上本来の姿との違いも描いていたといえます。父左大臣によって「しすゑられ」た絵のような姿からほんの一瞬、生気をもった「まみ」を見せた葵の上は、その瞬間のみ光源氏との心の融和が果たされたのです。しかしそれはほんの一瞬であり、しかもその「まみ」は六条御息所の「まみ」であったかもしれないのです。

本当の葵の上とは

葵の上の「しすゑられた」姿とは、左大臣の家のなかに組み込まれている姿であり、左大臣によって造り上げられた姫君のひとつの理想的なふるまいであったといえます。つまり、「絵に描きたるものの姫君のやう」というふるまいは、光源氏の理想的な妻であり続けようとしながらも、それゆえに光源氏に疎んじられてしまうという、特異であり皮肉な葵の上の存在を物語に刻む表現だったのです。

「絵に描きたるものの姫君のやう」という表現は、「絵」のなかに封じ込められない生身の葵の上の哀しみを、静かに、しかしはっきりと照らし出していると思うのです。

『絵入源氏』（小本 無刊記）
「葵」巻、亡き葵上を偲ぶ光源氏

II

立つ女三宮

土佐光吉筆『源氏物語図』(「若菜上」巻)
@KYOTOMUSE（京都国立博物館）

一、柏木の発病

柏木の発病をめぐって

無名草子《むみょうぞうし》（鎌倉時代初期の文芸評論。物語では、『源氏物語』『狭衣物語』などが取りあげられている）において、柏木は光源氏に睨《にら》み殺されたとされるように、従来、柏木の死へ至る病は光源氏とのやりとりによって極限に達するとされ、死の発端は次の場面に求められます。

主《あるじ》の院、「過ぐる齢《よはひ》にそへては、酔泣《ゑひな》きこそとどめがたきわざなりけれ。衛門督心とどめてほほ笑《ゑ》まるる、いと心恥づかしや。さりとも、いましばしならむ。さかさまに行《ゆ》かぬ年月《としつき》よ。老《おい》は、えのがれぬわざなり」とてうち見やりたまふに、人よりけにまめだち屈《くん》じて、まことに心地もいとなやましければ、いみじきことも目もとまらぬ心地する人をしも、さし分きて空酔《そらゑ》ひをしつつかくのたまふ、戯《たはぶ》れのやうなれど、いと胸つぶれて、盃《さかづき》のめぐり来るも頭《かしら》いたくおぼゆれば、けしきばかりにて紛らはすを御覧じ咎《とが》めて、持たせながらたびたび強《し》ひたまへば、はしたなくてもてわづらふさま、なべての人に似ずをかし。（「若菜下」巻）

確かに柏木の体は、この光源氏の「うち見やりたまふ」睨みによって気分がすぐれなくなり、盃がまわってきても頭が痛く感じられ、宴を中座します。そしてこの宴を境に死の床についています。

しかし、柏木は光源氏に睨まれるよりも前にすでに病にかかっていたようなのです。光源氏に睨まれる直前に柏木は「春のころほひより、例もわづらひはべる乱り脚病《かくびやう》といふものところせく起こりわづらひはべりて、はかばかしく踏み立つることもはべらず」（「若菜下」巻）と自身の体調について光源氏に語っています。この言葉によれば、柏木が病にかかったのは光源氏に睨まれるより前であるのはもちろんのこと、女三宮との密会よりもさらに前ということになるのです。

運命の「夕《ゆふべ》」

病の床につく柏木は、「見あはせたてまつりし夕《ゆふべ》のほどより、やがてかき乱り、まどひそめにし魂《たましひ》」が「身にも還《かへ》らずなりにし」（「柏木」巻）と述懐します。その「夕《ゆふべ》」から死の病にとりつかれたことが分かります。ただしこの「見あはせたてまつりし夕《ゆふべ》」は、一般的に、先の光源氏に睨まれた場面を指すとされます。その一方で、「夕《ゆふべ》」は、女三宮垣間見の場面であって、その瞬間を柏木の死のはじまりの時点とする指摘もあります。

柏木は、垣間見の場面において女三宮と目を合わせてはいません。しかし、柏木が光源氏に睨まれる以前から病がちであったことを考えたとき、二つめの考え方こそが穏当なもののように思えてくるのです。

垣間見の直後、柏木は女三宮の兄弟である東宮のもとを尋ねて女三宮の猫を手にいれてしまいます。柏木は「つひにこれを尋ねとりて、夜もあたり近く臥せたまふ」「いといたくながめて、端《はし》近く寄り臥したまへるに」（「若菜下」巻）と、この猫を偏愛します。柏木のそうした様子は周囲の女房からも異常なふるまいとされますが、注意したいのは、この時すでに病の床につく姿とかさなる、「臥す」「寄り臥す」ふるまいが描写されていることです。そして、垣間見から六年の歳月を経ての女三宮との密会直後にも、柏木は「うち臥したれど目もあはず」「歩《あり》きなどもしたまはず」「思ひのままにもえ紛れ歩《あり》かず」（「若菜下」巻）と、臥し続けるのです。

これらの様をそのまま病の様とは断言できないものの、病と重なるような柏木のふるまいが物語に描出されているとは言えないでしょうか。なぜなら、物語はこの後も「起き臥し明かし暮らしわびたまふ」「なやましげにもてなして、ながめ臥したまへり」（「若菜下」巻）という柏木のふるまいを続けざまに語っていくからです。

死に至る病

柏木は光源氏に睨まれる以前にすでに臥し、病のごとき身となっているのであり、柏木が病を得たのは女三宮を垣間見た時であったと私は考えます。つまり、柏木は女三宮を見たその瞬間から死に至る病に憑かれ「臥す」ようになったということです。

そうであるならば、柏木を死の世界へと引き込んでいくほどの女三宮の姿が問題になりそうです。柏木が見た女三宮のふるまいとは、一体どのようなものとしてその目に映ったのでしょうか。一方、垣間見以来、柏木が見せる臥すというふるまいからは何を読みとることができるのでしょうか。ここでは、両者のふるまいを考えることで、柏木を死に向かわせてゆく物語世界を見つめていきたいと思います。

二、垣間見られる女三宮

女三宮の立ち姿

「若菜上」巻。光源氏四十一才の三月も末の頃、六条院では蹴鞠《けまり》が催されていました。この日は、今をときめく若い公達が多く六条院に集い、その足さばきを披露しあっていました。夕暮れ時、やはり蹴鞠に参加していた公達の一人柏木は、今は光源氏の妻となっている女三宮を思いがけず目にするのでした。

「若菜上」巻、六条院での蹴鞠の最中、柏木は女三宮を見る。

『絵入源氏』（小本　無刊記）

几帳《きちやう》の際《きは》すこし入りたるほどに、袿姿《うちきすがた》にて立ちたまへる人あり。階《はし》より西の二の間《ま》の東《ひむがし》のそばなれば、紛れどころもなくあらはに見入れらる。紅梅にやあらむ、濃き薄きすぎすぎにあまた重なりたるけぢめはなやかに、草子《さうし》のつまのやうに見えて、桜の織物の細長《ほそなが》なるべし。御髪《みぐし》の裾《すそ》までけざやかに見ゆるは、糸をよりかけたるやうになびきて、裾のふさやかにそがれたる、いとうつくしげにて、七八寸ばかりぞあまりたまへる。御衣の裾がちに、いと細くささやかにて、姿つき、髪のかかりたまへるそばめ、いひ知らずあてにらうたげなり。

（「若菜上」巻）

女三宮の部屋には、飼われて間もないためかまだ人に馴れていない大小二匹の猫がいたのですが、不意に部屋から走り出し、首に付けた紐が何かに絡まり御簾の端が引き上げられてしまいます。それを直す女房もいないなか、蹴鞠の遊びに加わっていた柏木は几帳のそば、少し奥まった辺りに立っている女三宮を見てしまうのです。

柏木は、自分付きの乳母が女三宮付きの乳母（侍従の乳母）と姉妹であったことから、おのずと女三宮の話が耳に入っていたようで、その美しい様子や父朱雀院に鍾愛されていることなどを知るにつれ、恋焦がれるようになっていったのです。また、柏木は皇女でなければ結婚したくはないという気位の高いところもありました。結局、女三宮は柏木の心を満たすことなく光源氏の妻となります。しかし、柏木は女三宮が人妻となったあともその想いを消すことができずにいたことから、この垣間見は柏木にとって深い意味のある出来事として胸に刻まれたのでした。

さて、この垣間見場面なのですが、とても気になることがあるのです。柏木の見た女三宮の姿が立ち姿であったということです。というのも、当時の貴婦人は座っているのが普通とされ、立つことは軽率なふるまいと見なされていたからです。それを裏付けるかのように、垣間見の直後やはり女三宮を見た夕霧は、女三宮の「いと端近《はしぢか》なりつるありさま」、すなわち外に近い場所にいたことにあきれ、「思ひおとす」と軽蔑しています。

当時、高貴な姫君が室内を移動する場合は、「ゐざる」（膝行）ことが作法とされることからも、ここでの女三宮のふるまいは確かに軽率なものといえます。

梶田半古『源氏物語図屏風』「若菜上」巻
几帳の端に立つ女三宮

しかし物語は、そうした通常はしたないとされるふるまいを、その時の柏木ただひとりにはこのうえなく魅惑的なふるまいとして描き出し、柏木の身もそして心も乱していき、とうとう死にまで至らせるのです。

ならば、柏木を死へと向かわせるほどの女三宮の立ち姿をいったいどのように捉えればよいのでしょうか。ここでは「立つ」というふるまいに注目しながら、女三宮の立ち姿を考え直していきたいと思います。

三、「たつ」ものたち

たつ・立つ・顕つ

そもそも、なぜ女君が立つことは、はしたないとされるのでしょうか。その疑問のもと、まずは広く「たつ」現象の始原を探ってみたいと思います。

万葉集には、霞・かぎろひ・霧・風・虹・波・煙といった自然現象に多く「立つ」の語が用いられます。

折口信夫は、万葉集の「立つ」について「立つ。起つ。現れる。古き物去りて新しきものの来る。月立つ・春立つは、旧に代りて新しき月・新しき春の此処に現れ出るのである」（『折口信夫全集』第一一巻・中央公論社）と定義しましたが、「古き物去りて新しきもの来る」という感覚が、月、春のみならず、自然現象全般に「立つ」の語が用いられることを思うとき、その意味は広く還元できるものといえそうです。

すなわち、古代人の自然現象に対する感覚とは、何かしらのものが現れる、現前することであったということです。また、高崎正秀は、「立つ」には「神現つ」といった意識が古代人の心には横たわっており、「たて（縦）」「たたさま（縦様）」などと同根の語で、縦にまっすぐな状態になるの意が原義であり、これが下から上に向かって現れでるのような意となり、さらに見えなかったものが表面に現れるのような意味を持つに至ったものであろう（『古典と民俗学（上）』講談社学術文庫・一九七八）と述べています。

つまり、「たつ」とは人間の力の及ばぬただならぬ現象ということなのです。

面影にたつ

そのような感覚は、決して古代に限られたものではなく、たとえば伊勢物語第四六段においても、「面影に立つ」ことが語られています。

親しい友が地方へ下り、男は別れを悲しみながら過ごしていると、友から手紙が来ます。逢わずに離れていれば忘れてしまうという友に対して男が詠んだ歌は、次のようなものでした。

目離《か》るとも思ほえなくに忘らるる時しなければおもかげに立つ
(私は君に逢っていないとも遠ざかっているとも思われない。私は君を忘れる時がないので君の姿が目の前に幻影として立つよ)

ここでの「おもかげに立つ」、すなわち幻影になって立つという表現は、面影に立つようだといった比喩ではないことが注意されます。すなわち「おもかげに立つ」と詠みきっていることには、面影に立つという現象が実際の感覚としてあったことを思わせるからです。
そうであるならば、実際に人が立つとはどのような現象だといえるのでしょうか。

立つこと

私は、人が立つというふるまいもこうした古代的な感覚から把握できるのではないかと思うのです。

春の苑《その》紅《くれなゐ》にほふ桃の花下照《したで》る道に出《い》で立つ娘子《をとめ》　（万葉集・巻第一九・四一三九）

大伴家持の歌ですが、一首は「出で立つ娘子」という描写によって人が立つというふるまいが印象的な映像となり眼前に現れることを詠いあげます。この家持の歌については、すでに絵画的表現世界と捉えられているとおり、不意に眼前に立ち現れることとは、まるで絵画のような幻想的感覚を覚えるもののようなのです。

もっと積極的にいうならば、「たつ」とは、霊的なものが眼前に現れること、あるいはとても不思議なものが立ち現れる感覚、そういったことといえそうです。

源氏物語の「たつ」ものたち

源氏物語にも、さまざまなものが立ち現れます。雲・風といった自然現象はもちろんのこと、「願を立つ」といった表現も見られます。「立つ」のもつ古代的意味は形骸化しながら、しかし継承されている部分もあるのではないかと考えます。

そのうえで、今は女三宮の立ち姿に近づくことが目的ですから、源氏物語における人間が「立つ」というふるまいの意味を追いたいと思います。

源氏物語の中の「立つ」ものたちは、分類してみると①男君②女君・子供や下賤なもの③死者、と分けることができました。

「松風」巻、明石の地から呼び寄せた明石の君と再会すべく、光源氏は明石の君・明石の尼君・明石の君との間に生まれた姫君のいる大堰の地を訪れます。その際光源氏は造園のことなどを預かり人や家司に命じます。

（源氏）「いさらゐははやくのことも忘れじをもとのあるじや面《おも》がはりせるあはれ」と、うちながめて立ちたまふ姿にほひを世に知らずとのみ思ひきこゆ。

（「松風」巻）

三年ぶりの再会は、立つ光源氏の麗姿が明石尼君の心の言葉「世に知らず」（この世にこんなすばらしい方がまたといようか絶対にいない）という感慨と賛嘆によって象徴的に描き出されます。

また、「夕霧」巻には、女三宮と異母姉妹である女二宮（落葉宮）の母・一条御息所の葬儀が終わり、落葉宮邸に夕霧が慰問を重ねている場面があります。

例の妻戸《つまど》のもとに立ち寄りたまて、やがてながめ出だして立ちたまへり。なつかしきほどの直衣《なほし》に、色濃《こまや》かなる御衣《ぞ》の擣目《うちめ》いとけうらに透きて、影弱りたる夕日の、さすがに何心もなうさし来るに、まばゆげにわざとなく扇《あふぎ》をさし隠したまへる手つき、女こそかうはあらまほしけれ、それだにえあらぬを、と見たてまつる。(「夕霧」巻)

夕霧が妻戸のもとに立つ姿は、「扇をさし隠したまへる手つき」とともに、女こそぜひこうありたいものという表現をもって賞美されます。

光源氏、夕霧の立ち姿は、いずれもその者のうつくしさ、優美さといったものを最も効果的に演出できるふるまいとして描かれているようです。

通い婚を基本とした当時の婚姻制度からすれば、男性が女性の家に立ち姿として現れるのはむしろ当然のものとして看過されがちです。

しかしながら、いったいなぜ男性は立ち姿が、女性は座す姿が当然とされるのでしょうか。

「夕霧」巻、妻戸の近くで立つ夕霧

『絵入源氏』（小本 無刊記）

男性の立ち姿を考えるうえで注目されるのは、不浄をさけるふるまいとして描かれていることです。

立つこと・座ること

光源氏は若かりし頃夕顔という女性に耽溺し、二人きりになろうと廃院に連れ出したところ、夕顔はその廃院で物の怪に取り憑かれ、あろうことか命を落としてしまうのです。夕顔の死後、光源氏の様子を伺いに来た頭中将に、光源氏は「立ちながらこなたに入らせたまへ」（「夕顔」巻）と死穢を避けさせるため、立ったままの姿勢を要求します。また、柏木の死後、神事に仕えていた夕霧の弔問姿も「立ちながら」（「柏木」巻）と描かれます。いずれも死の穢れを避けるためのふるまいということになりますが、穢れは、立つことによって避けられるという信仰あるいは習俗のようなものでもあったのでしょうか。立つこと・座ることの意義について山折哲雄氏は次のように指摘しています。

靴をはいて地面に直立したポーズは、大地を対象化し、自然を観察し、そして人間を凝視するまなざしを生み出すだろう。だが、これにたいして、地面にひざまずき、腰を低くおろす坐のポーズは、むしろ大地と一体化し、自然と交感し、人間を直覚しようとする態度と結びついているのである。（『坐の文化論』講談社学術文庫・一九八四）

すなわち「座る」ふるまいを「自然との交感」ととらえているのです。ある場所に座るということは、自然、すなわちその場所の土地の霊と交感することであったという考え方です。そのように考えてみますと、ある場所に座ることは、その穢れを身に引き受けることであるゆえに避けられていたのだと理解されてくるのです。立ったままならば穢れに触れない。穢れを避ける者は、穢れた場所を立ったままで通り越そうとしていたのです。

こうした「立つ」ことと「座す」ことのもつ文化的背景を考えていくと、それぞれのふるまいには、土地に鎮まる地霊とのかかわりがあるようです。いいかえれば、男君が女君の所へ通う（通い婚）ことは、自身の家とは異なる地霊が宿る場所へ通うことといえます。

男君が立ち歩くのは、異なる地霊の宿る女君の家を訪れ歩く姿であり、一方女君がそこに座すのは地霊を祀る姿であったと考えると、当時の通い婚という結婚形態も理解でき、そこには、はっきりとした性差が浮かびあがってくるのです。

立つ女君・立つ子供たち

紫の上は少女期、光源氏に見出される北山で立ち姿を見せています。

きよげなる大人《おとな》二人ばかり、さては童《わらは》べぞ出で入り遊ぶ。中に、十ばかりやあらむと見えて、白き衣《きぬ》、山吹などの萎《な》えたる着て走り来たる女子《おむなご》、あまた見えつる子どもに似るべうもあらず、いみじく生《お》ひ先見えてうつくしげなる容貌《かたち》なり。髪は扇《あふぎ》をひろげたるやうにゆらゆらとして、顔はいと赤くすりなして立てり。（「若紫」巻）

若紫の「走り来たる」姿には、「性的越境」という解釈が与えられていますが、その前提には、姫君の「走り来る」ふるまいがそもそも非日常的であることが意識させられます。

夕顔の忘れ形見で頭中将を父にもつ玉鬘《たまかずら》という姫君は、源氏物語の中で最も足について描写される姫君です。

・ことさらに徒歩《かち》よりと定めたり。ならはぬ心地にいとわびしく苦しけれど、人の言ふままにものもおぼえで歩みたまふ。（「玉鬘」巻）

・歩むともなく、とかくつくろひたれど、足の裏動かれずわびしければ、せん方なくて休みたまふ。（「玉鬘」巻）

長谷寺に参詣する玉鬘一行は、「徒歩」「歩みたまふ」「足の裏動かれず」と徒歩を選択します。それは信心深さの表れと同時に、歩けなくなるまで足を酷使せざるをえない姫君であることを示しています。

つまり室内のみを移動していればよい深窓の姫君とは異なり、その足で立ち歩かなければならない状況に身を置いていること、まるで品低き女君かのように描写されているということなのです。それを裏付けるかのように近江の君は、下﨟《げらう》（下仕えの女房）や童《わらは》べなどもしない雑用の役を走り回ってこなしています。

下﨟《げらふ》、童《わらは》べなどの仕うまつりたらぬ雑役《ざふやく》をも、立ち走りやすくまどひ歩《あり》きつつ、心ざしを尽くして宮仕《みやづかへ》し歩《あり》きて、（近江の君）「尚侍《ないしのかみ》におのれを申しなしたまへ」と責めきこゆれば、あさましういかに思ひて言ふことならむと思すに、ものも言はれたまはず。（「行幸」巻）

また、垣間見られる宇治の姫君達は、「まづ一人たち出でて」と中の君が、「また、ゐざり出でて」（「椎本」巻）と大君の姿がそれぞれ描かれています。ここには中の君・大君の性格の違いが「立つ」・「ゐざる」というふるまいの違いによって描出されていると同時に「ゐざる」大君が描かれている以上、「ゐざら」ずに立っている中の君は、姫君のふるまいから外れていることになります。

これらの人々は、子供や身分の高くはない者の立ち姿として把握することができますが、その一方で彼らは境界を軽々と越えて行くことができました。加藤理氏は「七つまでは神のうち」という、民俗学で多く報告される子ども観について次のように述べています。

七つまでの子どもはまだ人間界ではなく、神の管轄下にあるという意味であり、言い換えればこの頃までの幼児の生命や魂はきわめて不安定だというのがこの子ども観の意味である。

（『「ちご」と「わらは」の生活史—日本の中古の子どもたち—』慶応通信・一九九四）

これは、幼児に神性を認める事例が平安時代の葬送法等によって確認できるという報告からの一節です。社会的に認知されていない、いいかえれば、まだ社会的な性差を持たない子供は、それゆえに異界と此界との境界を往来できるのであり、社会的身分の低いものもまた同様にとらえることができそうです。これらの者が境界を自由に往来する姿こそ、立ち走り、また立ち歩く姿だったのです。

立つ霊物

光源氏の父桐壺院は故人となった後、霊物となって物語に立ち現れます。その表現は、「故院ただおはしまししさまながら立ちたまひて」（「明石」巻）「院の帝、御前の御階《みはし》の下《もと》に立たせたまひて」（「明石」巻）と、二度までも立つ姿を見せるのです。この姿には、夢枕に立つ死者が物語の展開を導く姿であるとともに霊物としての桐壺院が立つというふるまいをもって語られる点が注意されます。

視点を変えてみれば、霊物が「立ち」姿であらわれるのも、霊物の側にとっては、こちらの世界が異界にあたるためということです。つまり異界に顕現するふるまいが立ち姿なのであり、「立つ」ことは「顕つ」ことであり、異界のもののふるまいなのです。

姫君が立つこと

当時の高貴な姫君たちの日常生活において座ることが一般のならわしとなり、「立つ」ことがはしたないとされたのは、始原的には「立つ」ことが神聖なふるまい、もう少し言えば、神が顕現するような姿に通じるためであったからではないでしょうか。ゆえにむやみに立つことは控えるべきふるまいへと、いつからかなっていったということです。

そのように考えたとき、女三宮が「立つ」ことには、看過できない意味があるように思われるのです。女三宮がその場所に立ったことは、宮自身の意図とは別に、柏木にとってはまるで異界から降り立った女としてその目に映ったのではなかろうかということです。

ただし、先にふれたように、姫君が「立つ」ことは当時の貴族社会にあっては、はしたない、避けるべきふるまいであり、柏木以外のものにはそのように映っていました。にもかかわらず、柏木にとってはその立ち姿が全く逆の姿に映ってしまったことにこそ、柏木固有の心象があったと思われるのです。

四、臥す柏木

臥す柏木

柏木は女三宮垣間見を境に、臥すふるまいが繰り返し描かれるようになります。しかし柏木とはもともと足の強さ、その足さばきが問われる蹴鞠の上手だったのです。若い公達が蹴鞠をするなか、柏木の足さばきは「足もとに並ぶひとなかりけり」(「若菜上」巻)と賞美されます。単に蹴鞠の名手としての描写にとどまらず、誰よりも強い足を持つ柏木こそが意識させられます。柏木はその足が弱り、遂に立つことさえもが叶わず、臥していくからです。

(柏木)「なほこなたに入らせたまへ。いとらうがはしきさまにはべる罪は、おのづから思しゆるされなむ」とて、臥《ふ》したまへる枕上《まくらがみ》の方《かた》に、僧などしばし出だしたまひて、入れたてまつりたまふ。早うより、いささか隔てたまふことなう睦《むつ》びかはしたまふ御仲なれば、別れむことの悲しう恋しかるべき嘆き、親はらからの御思ひにも劣らず。今日《けふ》はよろこびとて、心地よげならましをと思ふに、いと口惜しうかひなし。(夕霧)「などかく頼もしげなくはなりたまひにける。今日は、かかる御よろこびに、いささかすくよかにもや、とこそ思ひはべりつれ」とて、几帳《きちやう》のつまを引き上げたまへれば、(柏木)「いと口惜しう、その人にもあらずなりにてはべりや」とて、烏帽子《えぼうし》ばかり押し入れて、すこし起き上がらむとしたまへど、いと苦しげなり。白き衣《きぬ》どもの、なつかしうなよよかなるをあまた重ねて、衾《ふすま》ひきかけて臥したまへり。

(「柏木」巻)

死が迫る柏木はにわかに権大納言に昇進します。それを祝いに訪れた夕霧に対して柏木は、臥したままの姿を見せざるをえないほどに衰弱していました。起き上がることのままならない柏木が「その人にもあらず」すなわち本来の自分ではないと自身を語る姿は哀切であり尋常ではありません。柏木は、確かに死へと向かっているのです。

立てなくなること

「葵」巻において、左大臣は娘葵の上に先立たれます。葵の上の死を悼み、桐壺院、藤壺の宮、春宮の使いの者が左大臣邸を訪れるものの「大臣はえ立ち上がりたまはず」（「葵」巻）と立ち上がることができないと描かれます。左大臣の悲しみの深さは、足をもって描写されているのです。

「立つ」ことのできない姿とは、まるで体から魂が抜け出てしまい、この世界に再び姿を立ち現すことができないような状態をいうのではないでしょうか。

柏木の臥すふるまいとは、その生命力が萎えていく様、魂が遊離している姿を示していると考えられるのです。

『絵入源氏』（小本 無刊記）
「柏木」巻、病の床に伏す柏木

五、見返る女三宮 ― 幻想の天女 ―

見返る女三宮

夕影《ゆふかげ》なれば、さやかならず奥暗き心地するも、いと飽かず口惜し。鞠《まり》に身をなぐる若《わか》君達《きむだち》の、花の散るを惜しみもあへぬけしきどもを見るとて、人々、あらはをふともえ見つけぬなるべし。猫のいたくなけば、見返りたまへる面《おも》もちもてなしなど、いとおいらかにて、若くうつくしの人やとふと見えたり。
（「若菜上」巻）

実は、女三宮は、柏木に立ち姿を見られた折、猫の鳴く声に気をとられ「見返」るというふるまいも見せていたのです。つまり、柏木の見た女三宮とは立ち、そして見返る姿だったのです。この見返るふるまいにも何か意味があるのではないでしょうか。

見返る姿とは

「紅葉賀」巻には、源典侍《げんのないしのすけ》が見返るというふるまいをしています。源典侍は、家柄が良く才気溢れ、品格も人望もあるのですが、たいそう年配の典侍で、にもかかわらずとても好色な女性なのです。ある日、光源氏はこの源典侍への興味からたわむれかけます。

裳《も》の裾《すそ》を引きおどろかしたまへれば、かはほりのえならずゑがきたるをさし隠して見かへりたるまみ、いたう見延べたれど、目皮《まかは》らいたく黒み落ち入りて、いみじうはつれそそけたり。（「紅葉賀」巻）

光源氏に裳の裾を引かれる源典侍は応えるふるまいとして、「かはほり」（蝙蝠扇のこと）で顔を少し隠して見返ります。その「見かへりたるまみ」は、「見延ぶ」「黒み」「落ち入り」と侮蔑的な表現によって戯れのような姿におとしめられてはいるものの、それは女が男に向けるただならぬまなざしでした。ゆえに、分別のある大人の女性がそのような姿を

『絵入源氏』（小本　無刊記）
「紅葉賀」巻、かわほりで顔を隠しながら見返る源典侍

演じるとは、という批判的な描出となっているようです。「見返る」とは、対象を引きつける魅惑的な姿だったのです。

古今著聞集「法深房が持仏堂楽音寺の額の事」には、見返る天人が描かれます。法深房が寺の額を書いてもらうために行能のもとへ赴いたところ、行能は驚き、その理由を語ります。その話によれば、夢の中に天人が現れ、額を直すようにいうので行能がこれを直すと天人は大いに喜び、一旦は帰ろうとしたが、「見返て、いま五ケ日がうちにまた額あつらへたてまつるべき人あり、必書き給べし」と告げるのです。行能はこれを「一仏浄土の縁」と信じていたところ、天人の告げ通りに法深房の訪れがあったのだというのです。ここで注意されるのは、この出来事に対し行能は「随喜せられける也」と、心から仏に帰依しているという点であり、天人の見返る姿とは浄土へと誘い導く姿だったということです。

永観堂のみかえり阿弥陀如来像（総本山禅林寺蔵本尊）について高木豊氏が、「中品上生の往還来迎を表現しようとしたとき、立像とすることにより来迎を、顔をふり向かせることによって還来迎をあらわそうとしたのではなかったか」（「ふり返る阿弥陀像―永観堂見返

総本山 禅林寺蔵　本尊 みかえり阿弥陀如来像
浄土へ誘う姿

仏―」『絵画の発見』平凡社・一九九〇）とされることもここに重ね合わせて考えることができないでしょうか。

見返る天女

立ち、見返る女三宮の姿に惑乱し死んでゆく柏木は果たしてそこに何を見たのでしょうか。一人の理想的な女性の姿を見たことはいうまでもないのですが、柏木が心で見たものとは、自分を他界へと誘う天女のような姿だったのではないでしょうか。女三宮をあきらめきれない柏木は、小侍従（女三宮の乳母子）に己の胸の内を次のように語っているのです。

（柏木）「まことは、さばかり世になき御ありさまを見たてまつり馴《な》れたまへる御心に、数にもあらずあやしきなれ姿を、うちとけて御覧ぜられむとは、さらに思ひかけぬことなり。ただ、一言《ひとこと》、物越しにて聞こえ知らすばかりは、何ばかりの御身のやつれにかはあらん。神仏《かみほとけ》にも思ふこと申すは、罪あるわざかは」といみじき誓言《ちかごと》をしつつのたまへば、しばしこそ、いとあるまじきことに言ひ返しけれ、もの深からぬ若人は、人のかく身にかへていみじく思ひのたまふを、えいなびはてで、（小侍従）「もし、さりぬべき隙《ひま》あらばたばかりはべらむ。院のおはしまさぬ夜は、御帳《みちやう》のめぐりに人多くさぶらひて、御座《おまし》のほとりに、さるべき人かならずさぶらひたまへば、いかなるをりをかは、隙《ひま》を見つけはべるべからん」とわびつつ参りぬ。（「若菜下」巻）

柏木は、女三宮様は常日ごろから光源氏という立派な方を御覧になっているのだから、自分のような取るに足らぬ、人数にも入らない者の姿をうちとけて御覧いただこうとはまったく思っていない。願うのは、ただ一言、物越しにこの胸の内を分かっていただくだけだ。そのことが、女三宮様にとってどれほどの瑕《きず》になるのか、と苦しい恋心を吐露します。そして、神仏にも心に思うことを申しあげることは罪となるのか、とまで語るのです。「いみじき誓言」と物語が明かすように詭弁《きべん》にすぎないのかもしれません。しかし、柏木が、ここでたしかに神仏と女三宮とを同列視していることは見逃せません。垣間見場面で描かれた女三宮の立つふるまいとは、夕霧の視点を通して批判されるとおりの不用意なものです。しかし、それだけにとどまらないふるまいであったことが、柏木の惑乱そして死によって浮かび上がってくるのです。女三宮は、まるで仏のように眼前に顕現し、見返る天女が他界へと誘うものとして柏木の目に映った。それはもちろん柏木の見た幻像でした。しかし、そのまぼろしの映像が、確かに柏木の魂を吸い取るように奪い、臥せさせていくのです。

柏木の和歌

ついに死を迎える柏木は、次のような消息を女三宮に贈っています。

　行く《ゆ》方《へ》なき空の煙《けぶり》となりぬとも思ふあたりを立ちは離《はな》れじ

夕《ゆふべ》はわきてながめさせたまへ。

（「柏木」巻）

浄瑠璃寺蔵　吉祥天像

「立ちは離れじ」と詠ずる柏木の、この「立ち」は、接頭語としてもとらえられますが、やはり「立つ」との言葉は重くひびきます。立てなくなった今の体を感じながら、そのままあなたの傍を立ち離れまいと歌う姿は哀切です。

物語が柏木をすぐに他界へと向かうことはさせず、立てなくなった姿そのままで女三宮のもとにとどまりつづけようとする姿を描くことには、源氏物語はやはり過酷な物語であるといわざるをえません。

III

紫の上の手のゆくえ

一、手をとられる紫の上

紫の上の死の場面

「御法」巻において、紫の上の死が静かに語られます。いよいよその時と悟る紫の上は、見舞いに訪れていた明石中宮に帰るよう促しますが、中宮はその最期の時を、紫の上の手をとりながら見届けます。

(紫の上)「今は渡らせたまひね。乱り心地いと苦しくなりはべりぬ。言ふかひなくなりにけるほどといひながら、いとなめげにはべりや」とて、御几帳《きちやう》ひき寄せて臥《ふ》したまへるさまの、常よりもいと頼もしげなく見えたまへば、「いかに思さるるにか」とて、宮は御手《て》をとらへたてまつりて泣く泣く見たてまつりたまふに、まことに消えゆく露の心地して限りに見えたまへば、御誦経《みずきやう》の使《つかひ》ども数も知らずたち騒ぎたり。さきざきもかくて生き出でたまふをりにならひたまひて、御物《もの》の怪《け》と疑ひたまひて夜一《よひと》

『絵入源氏』（小本　無刊記）
「御法」巻、明石中宮と光源氏、紫の上の死を悲しむ

夜《よ》さまざまのことをし尽くさせたまへど、かひもなく、明けはつるほどに消えはてたまひぬ。

（「御法」巻）

紫の上の死は、その静かな描写からわずかながらも救済の印象を受けるという評や、あるがままを認めて受け入れる、あたたかさと静けさをもった安らぎがあるといった評があります。

死にゆく紫の上をこちらの側にとどめようとするかのようにその手をとり泣く明石中宮は、養女でこそありますが、紫の上にとっては我が子であり、ましてや中宮の地位に身を置きます。その中宮に手をとられて死を迎えることは、たしかに紫の上にとって幸福であったともいえましょう。

なぜ光源氏ではないのか

しかし、紫の上の手をとったのが、明石中宮とともにその場に居合わせた光源氏ではなかったということにとても違和感を覚えます。あの北山の出会いから、どの女君よりも長い時間をともに過ごした最愛の女君、紫の上の最期。物語はその手をとるという状況を描き出しながら、しかし夫光源氏にはその手をとらせてはいないのです。

　このような紫の上の臨終描出への違和感を始発に紫の上の死を考えていきたいと思います。

二、「手」をめぐって

「手」をめぐって

　明石中宮が捉えた紫の上の手、その「手」とは物語のなかでどのような部位として描かれているのでしょうか。「手」は人のからだの一部であると同時に、その人物の心情や性格といったものまでが表れる場所のようなのです。

手をする源典侍

「紅葉賀」巻において、光源氏と源典侍の逢瀬の折、頭中将が光源氏を脅します。それまでは、風流であり老齢ながらも色気のあることが美質であった源典侍が、「女、「あが君、あが君」と向かひて手をするに」と老女の口からは出そうにもない「あが君」(友人や恋人によびかける語で、ここではいとしい人の意)という言葉を口にし、手をすり懇願するのです。その様は、「ほとほと笑ひぬべし」と滑稽さを強調する書きぶりであり、「手」によって源典侍の持つ資質が外面に表れたと読み取ることができるのです。

手をおしする明石入道

「明石」巻において、光源氏が明石の浦を去る際、明石入道は娘明石の君の不憫さに虚けたようになり、数珠の置き場所も忘れ「手をおしすりて仰ぎゐたり」と仏を仰ぎ、座す様が描かれます。この辺りの描写は戯画的とも評されるところですが、ここには入道の心情、やはりその資質が「手をおしす」るさまに如実に表現されているといえそうです。

『絵入源氏』（小本　無刊記）
「紅葉賀」巻、手をする源典侍

手をする小少将

また、「夕霧」巻では、小少将（落葉宮の女房）が夕霧に対して落葉宮への無理強いを止めるよう申し出るのですが、その際小少将は、「あが君」という懇願特有の言葉を超え「手を摺《す》る」とまで描写されます。ここには小少将の必死に懇願する姿が描かれるのと同時に「手を摺る」という上品とは決していえない姿も描かれているのであり、そのような女房を持つ落葉宮の境遇までもが明らかになってしまうのです。

手を打つ三条

さらに、「玉鬘」巻では、夕顔のかつての侍女右近と、長谷寺へやはり参詣していた玉鬘（夕顔の遺児）一行とが再会します。あまりの偶然に玉鬘に随行していた三条は「手を打ちて」と描写されます。ここでの三条のふるまいとは再会を喜ぶものと読めます。しかし物語世界において、女性のふるまいとしては、はしたないと言わざるをえません。

このように「手」とはその人物の内面を映し出すとともに、その者の品性にまで関わることが分かるかと思います。

近江の君の手

手について描かれる人物のなかで、最も特徴的なのが近江の君です。「常夏」巻、女房と双六をしている近江の君を父内大臣が訪れた時のこと。「舌疾《したど》き」（早口であるさま）ことが、近江の君の品性を示す表現としてまず指摘できますが、同時に「手をいと切《せち》におしもみて」、すなわち良い目が出るようにもみ手をしていると描かれています。確かに、双六をしている状況ですから自然なふるまいとも理解できるのですが、やはりこのふるまいは下品だといわざるをえず、近江の君像を端的に表現しているようです。

さらに近江の君は、父内大臣があまり自分のもとへ顔をみせないことに対する心の内を「手打たぬ心地」、良い目が出ない時と同じ気持ちがしますと双六の遊戯用語にかけて内大臣に応答しています。遊戯用語を使うことがすでに低俗だと指摘されるところですが、注意されるのは、彼女の言葉に「手」の語が含まれ、その品性へとつながる描写になってい

『絵入源氏』（小本　無刊記）
「常夏」巻、双六で手をおしもむ近江の君

ることです。

また「行幸」巻において、尚侍になることを願う近江の君は内大臣とのやりとりで、自分の思いを「夢に富したる心地しはべりてなむ、胸に手を置きたるやうにはべる」と口にします。「夢に富したる心地」とは当時の下賤の言葉かとされ、「胸に手を置きたるやうに」もやはり下賤の言葉ではないかと指摘されているのです。さらに、尚侍の件を内大臣に願う際には、「手をおし擦《す》りて」と描かれています。

「手をする」用例はすでに他の人物で見てきましたとおり、相手に何かを懇願する際の所作ではありました。しかし近江の君の一連の「手」の描写により見えてくるのは、「手」をするというふるまいは滑稽さ・低俗さへつながることです。

手の所作がその人物の資質をも示す表現として機能しているということです。

手と恋

しかし「手」は、人間のそうした内面を表すものとばかり捉えられているわけではないようです。日本の生活習俗において、「手」という身体部位には特別な意味が与えられ、また受け止められていたのです。柳田国男は「恋」の語源を「手乞《てこ》ひ」であるとされ、「もともとは目にみえる人間の行為であつたろう」とされます。「手」は所有を求める心が表れる部位ということなのです。

防人《さきもり》に立ちし朝明《あさけ》の金門出《かなとで》に手離《たばな》れ惜《を》しみ泣きし児《こ》らはも

（万葉集・巻第十四・三五六九）

防人《さきもり》（筑紫・壱岐・対馬などの防衛のために諸国から派遣される兵士）として赴任する男は旅立つ朝、自分を見送る妻の様子に自身の悲しみを重ね、その心情をかたどる言葉として「手離れ」と詠います。互いの存在が遠く離れることを単に「離れ」と表すのではなく、接頭語的にではありますが、「手」が冠されることは「手」にその全存在をも担うような役割を認めていたからではないでしょうか。

また、大伴坂上大嬢《だいじょう》が家持に贈った三首のうちの一首は、次のように詠いあげられています。

玉ならば手にも巻かむをうつせみの世の人なれば手に巻き難《がた》し

（万葉集・巻第四・七二九）

愛しい相手を「玉ならば」とし、対象を所有する願望を「手にも巻かむ」と自分の身に添わせる形で空想するのです。ここでも注目されるのは、選ばれた身体の部位が「手」であるということです。

さらに他の物語世界に目を転じてみると竹取物語が挙げられます。かぐや姫の生い立ちが語られる場面ですが、かぐや姫の発見から邸へ連れて帰る際、翁はかぐや姫に対して「子になりたまふべき人なめり」すなわち、私の子になる運命の人のようですと語り「手にうち入れて」と自分の「手」の中にかぐや姫を入れて家へ帰るのです。ここは、かぐや姫がいかに小さいかという誇張表現とまず読めますが、同時に翁の娘となる瞬間、その手の中にいたという描写は見逃せません。

手と所有。こうした構図には、生命の所有ということまでもがその意味に含まれてくるといえそうです。

自身の心の表徴であり、所有を希求する手。このように「手」の意味を捉えてくるとき、「手をとる」というふるまいにはどのような意味が見えてくるのでしょうか。

三、手をとること

天照大御神《あまてらすおほみかみ》の手

古事記上巻・天の石屋の条は、天照大御神の「手」が描かれる話でもあります。天の石屋にこもっている天照大御神をひき出すために歌舞が行われ、鏡が差し出されます。すると天照大御神は鏡に映る自身の姿に導かれるように戸から身を出し始めます。その瞬間、天手力男神《あめのたぢからをのかみ》が天照大御神の「御手を取り引き出だすに」と、天照大御神は再び高天原《たかあまのはら》、葦原中国《あしはらのなかつくに》を照らすこととなり、夜の続く暗い世界に秩序が戻るのです。

秩序の回復は天照大御神が手を取られることで果たされ、ここではない何処かへ身を置いてしまったものを再びこちらの側へ引き戻す「手」が描かれているのです。

力競《ちからくら》べ

しかし、「手」はそうした一方向の力学のみを示すものではなかったようです。古事記上巻・出雲国譲りの条では、天照大御神の命により建御雷神《たけみかづちのかみ》と天鳥船神《あめのとりふねのかみ》とが葦原中国に遣わされ、出雲の大国主神《おおくにぬしのかみ》に国土献上の旨を命じています。それを大国主神の子の一人、建御名方神《たけみなかたのかみ》は「力競べ」で決着をつけようとします。

ここでの「力競べ」とは互いの手を取ること、手による力くらべをさします。まず建御名方神が建御雷神の手を取りますが、その手はたちまち「立氷（氷柱）」「剣の刃」へと変わり建御名方神は怖気づきます。逆に、建御雷神が取った建御名方神の「手」は「若葦を取るが如く」やすやすと投げ飛ばされ、結果、国土献上が果たされたというのです。

ここにおける手の力は、「手」そのものの力を示しているというよりは、その者の内面の威力を示しているようであり、その力よって相手を感応させているようです。つまり「手」は自身の内面を相手に伝える役目も負っているのです。

同様のことは、大鏡における南殿の鬼の話にもいえます。忠平が宣旨を受け、執行するために陣の座の方へ行く途中、何者かの気配に恐ろしさを感じます。気配の主が太刀の石突をつかむため、そこを探ると何と鬼の手であったというのです。しかし、忠平は臆することなく「御太刀をひき抜きて、かれが手をとらへさせたまへりければ」とその手をつかむと鬼は丑寅の隅の方へ逃げていったといいます。

相手を斬りつけることができる太刀を使わず、むしろ手を取ることで相手を押さえ込んでしまったというのです。

魂の身体的回路

このように見てきますと、「手をとる」ことは、相手を求めることであるとともに自分を相手に伝えるふるまいのようです。その内面を魂にたとえれば、手とは魂が交感する身体的回路であったといえるのではないでしょうか。

存在を繋ぐ

古事記下巻・仁徳天皇の条では、天皇が弟速総別王《はやぶさわけのみこ》を仲介に異母妹女鳥王《めどりのみこ》を求めるものの女鳥王は速総別王と一緒になります。その後、速総別王と女鳥王との歌の内容を伝え聞いた天皇は、反乱の意思を読み二人を殺そうとします。二人は逃げるなか歌を交わすのですが、そのなかの一首に「手」が詠み込まれています。

梯立《はしたて》の倉椅山《くらはしやま》を嶮《さが》しみと岩懸《いはか》きかねて我《わ》が手取らすも

速総別王の詠う、梯立《はしたて》の倉椅山《くらはしやま》は険しいので妻は岩につかまることができずわたしの手を取ることよとの歌には手を介しての二人の深い愛が読めます。そして注目したいのは、こうした非日常的空間において、「手をとる」ことが二人の全存在を連結させ、深い繫がりを生んでいるということなのです。

栄花物語「浦々の別れ」では、罪に問われて姿を隠していた伊周が帰邸したところ、今は夜更けということからその身は朝まで拘束されないという場面があります。定子、貴子、伊周は「一つに手をとり交《かは》して惑はせたまふ」と手をとりかわして夜を明かします。翌朝、検非違使《けびいし》（平安時代の令外の官。非法や違法を検察する役職）のもとへ向かう伊周を定子、貴子はこちらの側へとどめようと袖を「つととらへ」離そうとはしません。注意されるのは、検非違使がその状況を、「いかで宮の御前の御手を引きはなつことはあらむと、いと恐ろしく思ひまはして」と「恐ろしく」感じていることなのです。ここには、高貴な相手に対する敬意、何より繫がれた「手」を離すという行為に対する畏怖があったのではないでしょうか。そして「手をとる」ことには運命共同体といった感覚があることも知るのです。

栄花物語「もとのしづく」には、危篤の妻に夫藤原長家が妻の「御手をとらへて「何ごとか思しめす、のたまふべきことやある」」と何か言い残そうとする妻に語りかけます。

しかし、もう言葉を残すだけの力もないのでしょう、妻は「ものは言はまほしと思しながら、ものはえのたまはで、ただ御涙のみこぼるめれば」と言葉は出ず、ただ涙をのみこぼすのです。ここでは「手をとる」ことが死にゆくものの魂を揺さぶり、命の最後の雫《しずく》のごとき涙をこぼさせているのです。

交感する

それぞれの存在を宿す手をとり、とられることには、互いの存在の融合ひいては生命の融合とでもいえるものがあるのです。

したがって、死にゆく者の手をとることは死者と生者とが交感し合うことであり、死にゆくものをこの世に引き戻そうとした生者は、その瞬間死の側に引き込まれ、死の深淵を覗き込むことになるのでしょう。それは死とも生とも判じ難い瞬間でありながら愛し合うものたちにとっては、ともにこの世で生きる最後の時間だったのです。

四、手をとらえる光源氏

光源氏の手と恋

光源氏は、物語のなかでさまざまな女君の手をとらえます。そのほとんどは恋愛の場におけるものです。

「夕顔」巻、秋の霧深い朝、六条御息所のもとを去る光源氏は、御息所付きの女房の中将に見送られます。その容姿に感じ入る光源氏は、中将を隅の間の高欄に「ひき据ゑ」て歌を詠みかけます。

(源氏)「咲く花にうつるてふ名はつつめども折らで過ぎうきけさの朝顔
いかがすべき」とて、手をとらへたまへれば、いと馴《な》れて、とく、
(中将)朝霧の晴れ間も待たぬけしきにて花に心をとめぬとぞみる
と公事《おほやけごと》にぞ聞こえなす
(「夕顔」巻)

歌を詠みかけ、中将の「手をとらへる」源氏のふるまいは恋愛の所作として読み取れます。ゆえに、知恵も経験も豊富らしい中将は、「いと馴れて」とすぐに主人である六条御息所のこととして切り返しているのです。

同様に求愛のふるまいとして描出されるのが、朧月夜との場面です。朧月夜と光源氏との出会いは、宮中で催された花の宴の折のことでした。互いに名前を明かさず逢い別れるというものでしたが、右大臣邸での再会の折、光源氏は手探りで朧月夜を探しあてます。

答《いら》へはせで、ただ時々うち嘆くけはひする方《かた》に寄りかかりて、几帳《きちやう》ごしに手をとらへて、

（源氏）「あづさ弓いるさの山にまどふかなほのみし月の影や見ゆると

何ゆゑか」とおしあてにのたまふを、え忍ばぬなるべし、

（「花宴」巻）

『絵入源氏』（小本　無刊記）
「夕顔」巻、中将の手をとらえる光源氏

几帳ごしに先夜の女君を探す光源氏は催馬楽《さいばら》の詩句を変えながら詠みかけます。そして「うち嘆くけはひ」に導かれて几帳ごしに女君の手をとらえ、先夜の姫君であることを確信するのです。ここでの手をとらえて歌を詠み交わすという描写には、歌を詠み交わす以上の親密さが滲みます。

また「賢木」巻、野宮における六条御息所と光源氏との別れの場面にも「手」が描き込まれています。

(源氏) あかつきの別れはいつも露けきをこは世に知らぬ秋の空かな
出でがてに、御手《て》をとらへてやすらひたまへる、いみじうなつかし。(「賢木」巻)

その場を立ち去れずにいる光源氏の手は、六条御息所の手をとらえつづけます。ここには、別れという瞬間に身を置きながら、手は相手の手をとらえてしまうという、未練の思いが言葉ではなくふるまいとなって表れているのです。

『絵入源氏』(小本 無刊記)
「花宴」巻、朧月夜をとらえる光源氏

「胡蝶」巻では、玉鬘の手を光源氏はとらえます。

(源氏)「橘のかをりし袖によそふればかはれる身ともおもほえぬかな世とともの心にかけて忘れがたきに、慰むことなくて過ぎつる年ごろを、かくて見たてまつるは、夢にやとのみ思ひなすを、なほえこそ忍ぶまじけれ。思し疎《うと》むなよ」とて、御手をとらへたまへれば、女かやうにもならひたまはざりつるを、いとうたておぼゆれど、おほどかなるさまにてものしたまふ。(「胡蝶」巻)

この場面には、玉鬘(母は夕顔、父は頭中将)が養女であるにもかかわらず、自身の気持を抑えきれない光源氏の心のありようが、手をとらえるふるまいによって描き出されています。また玉鬘は「女」と呼称され、手をとらえられた瞬間を一対の男女として表現されてもいます。

亡骸の手をとらえる

以上のように、恋愛の場において「手をとらえる」描写が多く見られるなかで、夕顔の場面は特異です。

いとらうたげなるさまして、まだいささか変りたるところなし。手をとらへて、（源氏）「我にいま一《ひと》たび声をだに聞かせたまへ。いかなる昔の契《ちぎ》りにかありけん、しばしのほどに心を尽くしてあはれに思ほえしを、うち棄《す》ててまどはしたまふがいみじきこと」と、声も惜しまず泣きたまふこと限りなし。（「夕顔」巻）

死の現実を受け入れられない悲しみからか、亡骸となった夕顔の手をとり死した肉体にまだ魂が宿っているのならその魂にと語りかけ、声も惜しまずに泣く光源氏が描かれます。「手をとらふ」ことは、接触を通して相手の魂に訴える風流人の動作という指摘がすで

『絵入源氏』（小本 無刊記）
「夕顔」巻、亡骸となった夕顔の手をとらえる光源氏

にありますが、恋愛という魂が交感する場面に多く見られることは当然のことなのかもしれません。それは、「手」がその者の心情を担っているためでしょう。

五、光源氏と紫の上の手のゆくえ

光源氏と紫の上の手

「若紫」巻、北山での光源氏と紫の上との出会いが語られます。その出会いからほどなく、紫の上の育ての親である尼君が死去します。尼君の忌み明け後しばらくしたある夜、光源氏は紫の上のもとを訪れます。紫の上が父宮のもとへ引き取られるという少納言（紫の上の乳母）の言葉を挟みながら、父宮にではなく光源氏にこそ紫の上を委ねたいという少納言の思いが描写されます。

乳母の、「さればこそ。かう世づかぬ御ほどにてなむ」とて押し寄せたてまつりたれば、何心もなくゐたまへるに、手をさし入れて探《さぐ》りたまへれば、なよよかなる御衣《ぞ》に、髪はつやつやとかかりて、末のふさやかに探りつけられたるほど、いとうつくしう思ひやらる。手をとらへたまへれば、うたて、例ならぬ人のかく近づきたまへるは恐ろしうて、(紫)「寝なむといふものを」とて強《し》ひてひき入りたまふにつきてすべり入りて、(源氏)「今は、まろぞ思ふべき人。な疎《うと》みたまひそ」とのたまふ。(「若紫」巻)

この時光源氏は紫の上の手に触れているのですが、それはまるで結婚に準じる接触のように描写されています。光源氏に手をとらえられた少女の紫の上は「うたて」「恐ろしう」と嫌悪感を抱いているためです。何よりこの時を境に光源氏は紫の上に対して「まろぞ思ふべき人」と、自分は親だとも夫だともとれる発言をしているためです。

新枕こそ「葵」巻まで待つことになりますが、光源氏に手をとらえられたこの瞬間から、紫の上は光源氏とともに生きることが運命づけられたともいえるのです。

『絵入源氏』（小本　無刊記）
「若紫」巻、北山で若紫を垣間見る光源氏

紫の上の手のゆくえ

　光源氏に手をとらえられ、導かれるように生きてきた紫の上ですが、その最期の時、光源氏はその手をとらえてはいないのです。「御法」巻は、繰り返し光源氏の正妻葵の上の死が想起され、重ねられていきます。思えば、葵の上の瀕死ともいうべき場面で光源氏はその手をたしかにとらえていました。

白き御衣《ぞ》に、色あひいと華やかにて、御髪《みぐし》のいと長うこちたきをひき結《ゆ》ひてうち添へたるも、かうてこそらうたげになまめきたる方《かた》添ひてをかしかりけれと見ゆ。御手《て》をとらへて、(源氏)「あないみじ。心憂《こころう》きめを見せたまふかな」とて、ものも聞こえたまはず泣きたまへば、例はいとわづらはしう恥づかしげなる御まみを、いとたゆげに見上げてうちまもりきこえたまふに、涙のこぼるるさまを見たまふは、いかがあはれの浅からむ。

（「葵」巻）

物の怪退散の祈禱《きとう》が続くなか、にわかに産気づく葵の上の言葉に引き寄せられた光源氏は、その手をとらえます。葵の上に発した光源氏の言葉が、手を通して葵の上の魂にまで届いたからこそ、葵の上は「まみ」をそれまでの気詰まりなものとは違ったものにみせるのでした。ここには、確かに、生死の境をさまよう妻葵の上をこちらの側に留めようと手をとらえる光源氏がいます。

「御法」巻は、紫の上の死までの時間を静かに紡ぎます。そこには、秋好中宮（六条御息所の娘）、今や中宮となった明石女御をはじめ、明石の君や花散里との交流が印象深く描かれます。一方光源氏の存在とは薄く揺らぐばかりなのです。

死にゆく者の手をとることとは、死者と生者が交感し合う瞬間でした。今や光源氏はただじっと彼女の死を傍観するしかない存在なのでしょうか。ふたりの精神の隔絶は絶望的に深いということなのでしょうか。紫の上の死の瞬間、物語に語られることのない光源氏は、その隔絶をかみしめているのでしょうか。

紫の上の死後、亡き紫の上を求めながら光源氏はこの世に生きつづけます。しかし、死にゆく紫の上の手をとらえることのなかった光源氏の残された生は、死までの日をただ過ごすばかりのものなのです。

あとがき

源氏物語は、今から一〇〇〇年以上も前の物語文学です。源氏物語を読むこととは、まず古語という壁を乗り越えていくことに始まり、当時の貴族社会の文化、しきたり、風習等々現代を生きる私たちには理解が困難な事柄に直面することでもあります。それでも、源氏物語を読みたい、深く理解したいという欲求はいつの世も尽きることがありません。源氏物語には、今も昔も変わらない人間の心の機微が繊細かつ丁寧に描かれているためです。

本書は源氏物語の世界へ近づく一つの方法として、姫君のふるまいに着目しました。男君たちとは異なり、自由に活動できるわけではない王朝の姫君たち。つまり、姫君たちのふるまいが描かれる場面は、それだけですでに意味深いと考えたためです。

姫君といっても、源氏物語には数多くの姫君が登場します。どの姫君も大変魅力的なのですが、本書では葵の上・女三宮・紫の上といった三人の姫君を取り上げました。この姫

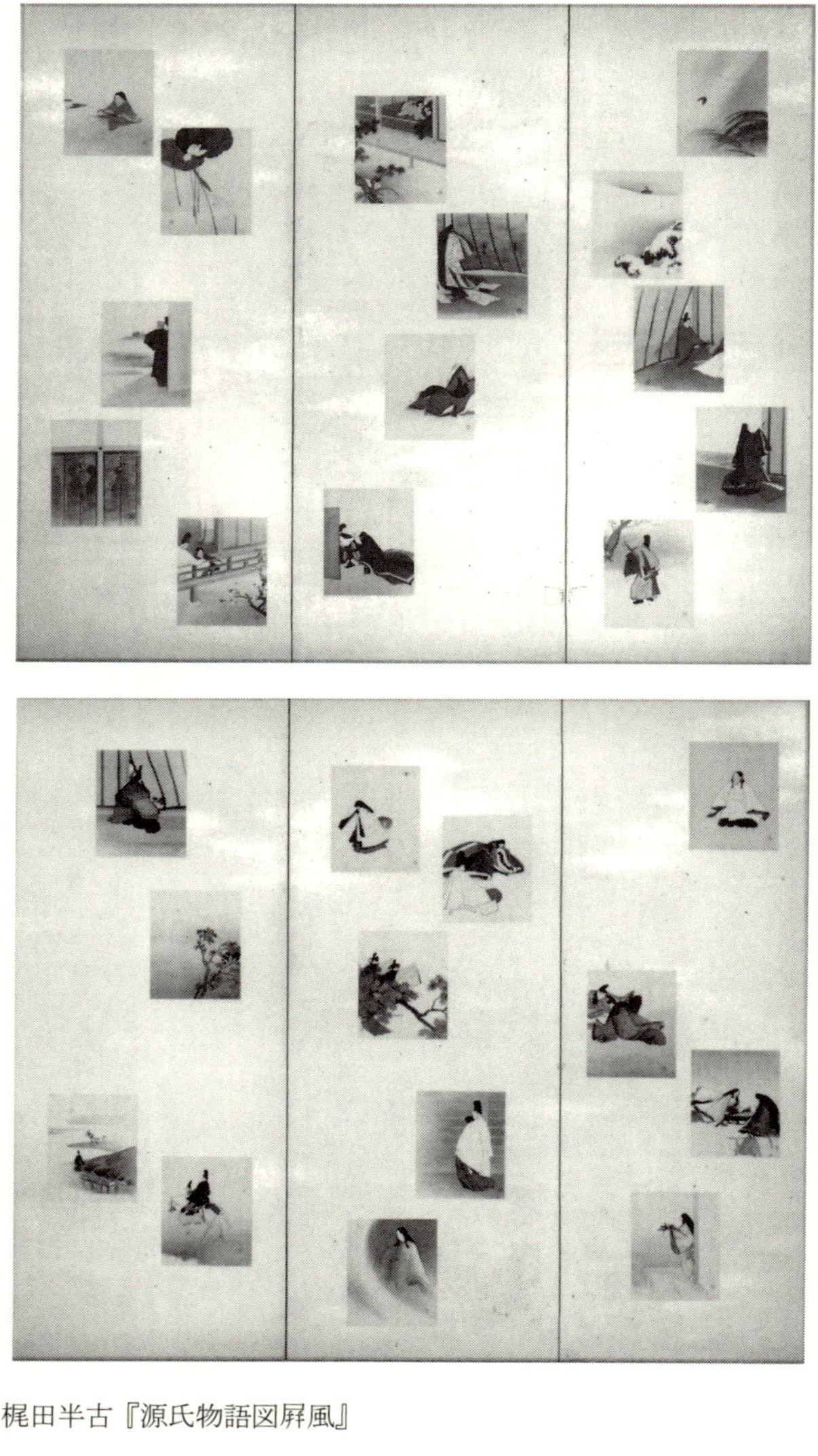

梶田半古『源氏物語図屛風』

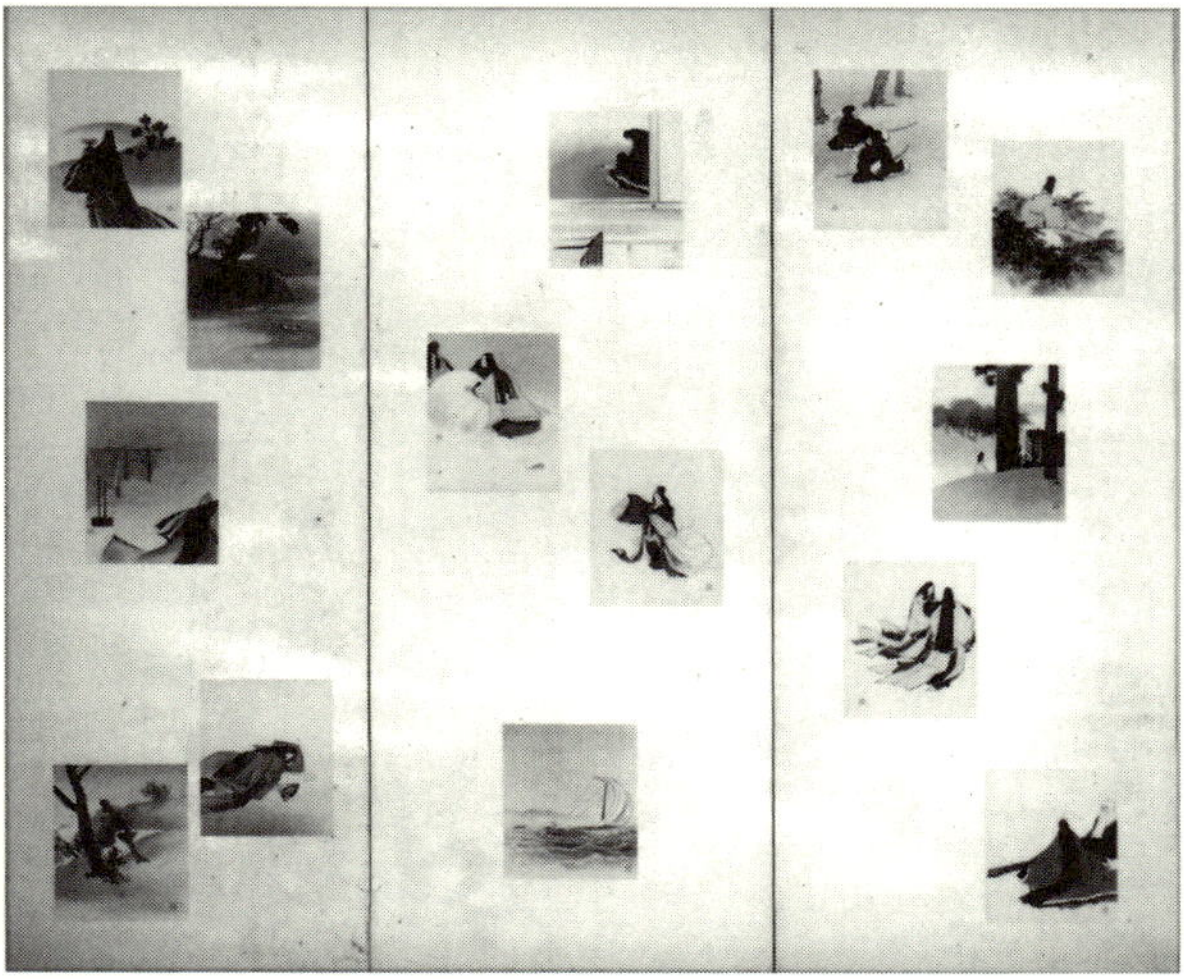

横浜美術館所蔵

君たちを選んだ理由は、光源氏の正妻格にあたる姫君を見つめたいという思いからでした。葵の上は、普通、光源氏に心を開かない冷たい印象の姫君と評されます。しかし、彼女のふるまいを丹念に追った先には、葵の上のもう一つの姿が見出せ、その短い生涯が一層悲しく胸に迫ってきます。また女三宮は、皇女という至高の身分でありながら、当時の社会通念とは反するふるまいで読む者を驚かせます。このはしたないと断ぜられるふるまいが、しかし貴公子柏木の心を捉えて離さず、その後の物語を大きく揺さぶり暗転させていくことからは、改めて、姫君のふるまいの意味深さが分ってきます。紫の上は、光源氏と最も長い時間を共有し、最も愛された姫君です。しかし、その紫の上が生涯を閉じる時、その手は光源氏の手の中にはありませんでした。

私たちは、当然のことながら源氏物語の時代を現実に体感することはできません。けれども、このようにふるまいという視点を通して源氏物語を読んだとき、私たちは自分の体をもって、物語世界を想像し実感することができるのではないでしょうか。

本書が源氏物語を読む一助になればこのうえない幸せです。

なお、小著が上梓にいたるまで、新典社編集部には力の限りを尽くしていただきました。ここに心より感謝申しあげます。

※ 本文中の『絵入源氏』（小本 無刊記）は、國學院大學教授針本正行氏架蔵本を使用させていただきました。ここに記して、厚く御礼申しあげます。

※ 詳細な注は施しておりませんが、本書執筆に際して先学の研究から多くを学ばせていただきました。

太田 敦子（おおた あつこ）
1996年3月　國學院大学文学部文学科卒業
2003年3月　國學院大学大学院文学研究科博士課程満期退学
専攻（学位）：平安文学，博士（文学）
現職：國學院大学兼任講師，共愛学園前橋国際大学非常勤講師
主要論文：
「絵を描く梅壺女御―「絵合」巻における冷泉期の位相―」（『源氏物語絵巻とその周辺』2001年，新典社）
「葵上の最期のまなざし―「葵」巻の死をめぐる表現機構―」（『人物で読む源氏物語　葵の上・空蝉』2005年，勉誠出版）
「頬杖をつく秋好中宮―『源氏物語』「澪標」巻を起点として―」（『文学・語学』第189号，2007年11月30日，全国大学国語国文学会）

新典社新書 50
源氏物語 姫君のふるまい

2010年5月18日　初版発行

著者 ―― 太田敦子
発行者 ―― 岡元学実
発行所 ―― 株式会社 新典社
〒101-0051　東京都千代田区神田神保町1-44-11
営業部：03-3233-8051　編集部：03-3233-8052
ＦＡＸ：03-3233-8053　振　替：00170-0-26932
http://www.shintensha.co.jp/　E-Mail:info@shintensha.co.jp

印刷所 ―― 恵友印刷 株式会社
製本所 ―― 有限会社 松村製本所

ISBN 978-4-7879-6150-1 C0295

定価はカバーに表示してあります。
乱丁・落丁本は，お取り替えいたします。小社営業部宛に着払でお送りください。